Anticontes de fées

Anticontes de fées

Textes de Grégoire Solotareff
Illustrations de Nadja

l'école des loisirs
11, rue de Sèvres, Paris 6e

Le Petit Chaperon Vert

7

Barbe-Rose

45

La Laide au Bois Dormant

83

Le Petit Chaperon Vert

Il était une fois une petite fille que tout le monde appelait « Petit Chaperon Vert » parce qu'elle portait une sorte de capuchon pointu et vert.

Sa grande sœur portait un chaperon jaune et sa meilleure amie, un chaperon bleu.

Elle avait une ennemie (une petite fille qu'elle détestait parce que c'était une menteuse) qui, elle, portait un chaperon rouge…

… et celle-là, elle la détestait.

Un jour, sa mère lui dit :

– Petit Chaperon Vert, ta grand-mère est très malade.

– Oh non ! fit la petite fille, qui aimait beaucoup sa grand-mère.

– Il faut lui porter des médicaments et des bonnes choses à manger, mais ni ta sœur ni ton père ne sont là. Est-ce que tu as le courage d'y aller, malgré le loup qui rôde, affamé, dans la forêt ?

– Bien sûr, répondit la petite fille.

– Voilà, prends ce panier et va, mais fais bien attention au loup !

– Oui, oui, dit la petite fille.

Elle partit courageusement après avoir mis son chaperon vert.

Et dans le bois, qui rencontra-t-elle ?

Le Petit Chaperon Rouge, qui cueillait des fleurs et ramassait des girolles !

Elle aussi avait un panier rempli de médicaments et de nourriture, et le Petit Chaperon Vert pensa que sa grand-mère aussi devait être malade.

Comme elle la détestait, elle ne lui dit pas bonjour et passa son chemin.

Elle n'avait pas fait cent pas qu'un énorme loup noir la croisa en courant, hors d'haleine.

Elle n'eut même pas le temps d'avoir vraiment peur, tellement le loup allait vite ; et lui ne fit pas attention à la petite fille tout de vert vêtue, assise dans les herbes vertes de la forêt.

Une fois remise de ses émotions, elle reprit son chemin.

Arrivée chez sa grand-mère, le Petit Chaperon Vert tira la chevillette pour que la bobinette puisse choir, et la porte s'ouvrit.

La petite fille donna ses médicaments et les bonnes choses à manger à sa grand-mère. La vieille dame ne voulut même pas y goûter tant elle se sentait mal.

– Ne t'approche pas de mboi, dit-elle à la petite fille, tu es mbignonne à croquer

bais j'ai un gros rhumbe et tu risques de l'attraper. Il ne mbanquerait plus que ça !

– Bien, Grand-Mère, dit la petite fille. Alors je m'en vais. Au revoir ! Ah ! J'ai oublié de te le dire : j'ai rencontré le loup.

– Hein ? fit la grand-mère. Mbon Dieu ! Et tu n'as pas eu peur ?

– Pas du tout, dit la petite fille. Il courait tellement vite qu'il n'a pas eu le temps de me voir.

– Mbon Dieu ! répéta la grand-mère. Quelle chance tu as eue !

Elle lui fit un baiser sur la main et la petite fille s'en alla.

Sur le chemin du retour, elle croisa le Petit Chaperon Rouge qui continuait à cueillir des fleurs bien tranquillement.

– Tu sais, lui dit le Petit Chaperon Vert, je ne t'aime pas mais je voudrais quand même te prévenir : j'ai vu le loup, tout à l'heure !

– *Moi aussi, moi aussi,* chantonna le Petit Chaperon Rouge en lui tirant la langue.

Il m'a même demandé
Ce-que-je-faisais
Dans les bois
Et-où-j'allais
Avec mon panier
Nanananaanère !

– Attention, il est très méchant ! dit le Petit Chaperon Vert. Tu chantes, tu chantes, mais tu sais ce qui peut arriver ? Eh bien, il peut te manger et même manger ta grand-mère !

– Manger ma grand-mère ? fit le Petit Chaperon Rouge en levant les yeux au ciel. Pfff ! Tu dis n'importe quoi !

– On verra, dit le Petit Chaperon Vert, on verra !

Le Petit Chaperon Rouge lui tira une dernière fois la langue et continua à cueillir des fleurs comme si de rien n'était. Le Petit Chaperon Vert rentra à la maison.

– Alors ? lui dit sa maman. Tout s'est bien passé ?

– Très bien, dit le Petit Chaperon Vert. Mère-grand a simplement un gros rhume et elle n'a pas voulu m'embrasser. Je lui ai quand même donné tout ce que tu avais préparé pour elle.

– Bien, dit sa maman. Et tu n'as rencontré personne dans les bois ?

– Si ! Le Petit Chaperon Rouge. Et puis le loup, aussi.

– Mon Dieu ! fit la maman. Le Petit Chaperon Rouge ? Mais c'est terrible, ce que tu me dis là ! Le loup va la manger ! Ne sais-tu pas que le loup mange tout ce qui est rouge ? La viande rouge, les fruits rouges, mais surtout les petites filles habillées en rouge ?

– Mais non, Maman, ne t'inquiète pas, dit la petite fille. J'ai vu le Petit Chaperon Rouge après avoir croisé le loup qui courait à toute vitesse, il avait l'air très pressé.

– Ah bon ! fit la maman avec un soupir de soulagement. Tu me rassures. Mais quand même, je ne suis pas tout à fait tranquille, tu ne voudrais pas la raccompagner chez elle ? Je sais que tu n'aimes pas tellement le Petit Chaperon Rouge, mais si jamais il lui arrivait quelque chose, ce serait terrible ! Et toi, habillée en vert, avec ton chaperon vert parmi les hautes herbes vertes de la forêt verte, tu ne risques pas grand-chose. C'est d'ailleurs pour ça que je t'habille toujours en vert.

Le Petit Chaperon Vert retourna courageusement dans le bois bien que la nuit fût sur le point de tomber et qu'elle détestât le Petit Chaperon Rouge.

À peine avait-elle fait deux cents pas qu'elle rencontra des chasseurs qui transportaient le loup ligoté sur une branche, tout à fait mort. Et qui les accompagnait ?

Le Petit Chaperon Rouge, qui courut vers elle dès qu'elle l'aperçut, en chantant :

– *Tu avais raison*
Tu avais raison
Le loup m'a mangée
Le loup m'a mangée
Et-il-a-aussi
Mangé ma grand-mère
Nanananaère.

– Je ne te crois pas ! dit le Petit Chaperon Vert. Tu es une menteuse. J'ai dit ça pour te faire peur et toi, tu crois que c'est la vérité ?

– *Et même qu'on nous a sorties*
Toutes les deux
Du ventre du loup,
Nanananananère
répondit le Petit Chaperon Rouge.

Mais le Petit Chaperon Vert lui tournait déjà le dos et rentrait à la maison en haussant les épaules.

Arrivée chez elle, elle dit à sa mère :

– Maman, le Petit Chaperon Rouge est rentrée chez elle et les chasseurs ont tué le loup !…

… Et tu sais ce qu'elle m'a dit, cette menteuse de Petit Chaperon Rouge ? Que le loup l'avait mangée, et même qu'il avait mangé sa grand-mère ! Et qu'on les avait sorties du ventre du loup toutes les deux !

– Oh ! dit la maman, tu sais, il y a des enfants qui mentent et ce n'est pas bien du tout. C'est pourquoi je te demande de ne jamais mentir.

– Je te le promets, dit le Petit Chaperon Vert.

Et sa mère lui fit un baiser.

– D'ailleurs, un jour, personne ne la croira plus, si elle ment tout le temps, ajouta le Petit Chaperon Vert.

– Exactement, dit sa mère.

Et toutes deux se mirent au coin du feu en attendant que le dîner cuise.

Dehors, le vent soufflait très fort et il commençait à faire bien froid, au cœur de la forêt.

Barbe-Rose

Il était une fois un terrible seigneur qui avait décidé de se teindre la barbe en bleu, croyant ainsi être le plus beau de tous ses camarades de guerre. Il était d'une cruauté inouïe. Il tuait des tas de gens et faisait disparaître toutes les femmes qu'il épousait, l'une après l'autre.

Ce seigneur, que tout le monde appelait Barbe-Bleue, avait un frère cadet. Plus petit de taille, toujours très gai, habitant le même château, il se teignait, lui, la barbe en rose pour une raison inconnue.

Barbe-Bleue, qui trouvait cela ridicule, lui interdisait de sortir du château et gardait son existence même secrète auprès des autres seigneurs.

De telle sorte que personne, excepté les habitants du château, ne sut jamais que Barbe-Bleue avait un frère.

Barbe-Rose n'était pas marié.

Quand Barbe-Bleue épousa sa septième femme, il lui fit passer la même épreuve qu'aux précédentes : avant de partir à la guerre, il lui interdit d'entrer dans un certain cabinet secret pendant son absence

sous peine de la faire mourir. Mais, en même temps, il lui donna, avec toutes les clefs du château, la clef de ce cabinet secret, pour la tenter.

Si elle résistait à la tentation, il la garderait comme épouse et aurait confiance en elle ; sinon, il la tuerait.

Cette clef était une clef magique.

Barbe-Rose avait un double de toutes les clefs du château. Sauf de celle-ci. Il n'avait jamais réussi à l'avoir entre les mains.

Barbe-Bleue à peine parti à la guerre, sa nouvelle femme, Rosalynde, folle de curiosité, prit la clef magique et se dirigea vers le cabinet secret.

C’était une clef d’or qui n’avait pas du tout l’air magique, une simple clef d’or qui entra dans la serrure tout à fait normalement et qui tourna tout à fait normalement.

Rosalynde poussa la porte du cabinet et, avant même de pénétrer dans la pièce…

… oh !!! Horreur !!! Un vent glacial souffla sur son visage, empourprant aussitôt sa peau délicate.

Devant elle, sur une table, gisait la sixième femme de Barbe-Bleue, Boulotte, coupée en morceaux ! Son visage reprit aussitôt la pâleur extrême qu'il avait naturellement et peut-être une pâleur plus grande encore.

Prise d'une frayeur qu'elle n'avait encore jamais éprouvée, Rosalynde lâcha la clef magique, qui tomba et se tacha de rouge, du sang de Boulotte qui avait coulé jusqu'au seuil de la pièce.

C'est alors que le vent glacial claqua la porte en même temps qu'il fit reprendre au visage de la pauvre femme sa couleur pourpre.

Rosalynde s'enfuit à toutes jambes.

La porte, en se refermant, fit glisser la clef magique sur le sol jusque dans le couloir.

Et qui était justement là pour la ramasser ?

Barbe-Rose en personne ! Caché derrière une colonne, il avait vu toute la scène !

Ne perdant pas une minute, il s'empara de la clef et remarqua que le sang qui était dessus était ineffaçable. Il en conclut que c'était bien la clef magique et, fou de joie, entra dans la chambre secrète, puis referma la porte à double tour derrière lui.

CABINET SECRET

Les jours passèrent, Barbe-Bleue rentra de la guerre et se fit remettre, comme convenu, toutes les clefs du château par sa femme.

– Eh bien, femme ! dit-il à sa pauvre épouse encore tout effrayée par ce qu'elle avait découvert, eh bien, il manque une clef ! Me la rendras-tu ?

– Oui, oh, mon seigneur, mais laissez-moi quelques jours pour la retrouver. Ayant eu peur de l'égarer, je l'ai si bien cachée que je ne la retrouve plus !

– Ah, femme ! Que tu es sotte ! Je te laisse trois jours pour retrouver cette clef ! Au-delà de cette date, je serai obligé de te faire subir le sort de mes précédentes femmes, toutes trop curieuses ! Va ! Et prends garde de bien me rapporter cette clef, petite sotte, sinon !…

Au comble du désespoir, Rosalynde allait et venait dans les couloirs lugubres du château sans savoir comment elle allait se sortir de ce mauvais pas.

C'est alors que, passant près du cabinet secret, elle entendit des voix et des rires. Elle reconnut la voix de Barbe-Rose !

Elle voulut frapper à la porte mais elle entendit justement les gardes de Barbe-Bleue venir à sa rencontre. Il est vrai que les trois jours étaient passés.

Courant le plus vite qu'elle put, elle monta droit à la tour où habitait Anne Masseuranne, une amie à elle, et s'enferma avec elle à double tour.

– Mon Dieu, je suis perdue ! Je suis perdue ! dit-elle. Et mes frères que j'ai fait prévenir et qui ne viennent pas ! Anne Masseuranne, ne vois-tu rien venir ?

– Je ne vois que l'herbe qui verdoie et le soleil qui poudroie… répondit Anne Masseuranne.

– Oh ! Non ! s'écria la malheureuse Rosalynde en larmes.

– Et si, pourtant ! dit Anne Masseuranne.

À ce moment, de terribles coups se firent entendre à la porte.

– Eh bien ! Femme ! dit Barbe-Bleue. Viendras-tu, enfin, que je t'égorge !

– Oh ! Anne Masseuranne, ne vois-tu rien venir ? soupira Rosalynde dans un dernier sursaut d'espérance.

– Je ne vois que le soleil qui verdoie et l'herbe qui poudroie… euh !… je veux dire *l'herbe* qui verdoie et *le soleil* qui poudroie…

– Oh ! Non ! dit tristement Rosalynde.

– Et pourtant si, dit Anne Masseuranne.

De l'autre côté de la porte, Barbe-Bleue s'impatientait en aiguisant son couteau.

– Il est trop tard, femme, à présent il faut que je t'occisse !

– Anne Masseuranne, ne vois-tu rien venir, à la fin ? s'écria Rosalynde.

– Je te dis : rien que le soleil qui poudroie sur l'herbe qui verdoie, c'est toujours la même chose !

– Oh ! Non ! fit Rosalynde.

– Et pourtant si, répondit Anne Masseuranne.

Au même moment, la porte céda sous les coups et Barbe-Bleue, précédé de ses gardes, fit irruption dans la chambre des deux femmes.

Barbe-Bleue, son couteau brillant dans une main, s'écria :

– Alors, femme ! Ainsi, tu as perdu la clef de mon cabinet secret ! Ah ! Mais la voici !

En effet, la clef magique était là, posée sur un meuble, avec sa tache de sang indélébile.

C'était Barbe-Rose qui l'avait mise là. Il faut croire qu'il n'en avait plus besoin.

– Ainsi, reprit Barbe-Bleue, voilà du sang ! C'est donc la preuve que tu as vu le cadavre encore frais de Boulotte, ma dernière femme ! Ainsi, tu sais ce que tu vas devenir à ton tour ! Et vous aussi, commère Anne !

La scène suivante est trop horrible à raconter en détail. Pour résumer, Barbe-Bleue se précipita sur Rosalynde puis sur Anne Masseuranne, les coupa en morceaux et les fit transporter dans le cabinet secret par ses gardes.

En entrant dans le cabinet secret, Barbe-Bleue était encore dans un tel état de fureur qu'il ne remarqua même pas que le cadavre de Boulotte n'y était plus !

Après avoir déposé les morceaux des deux pauvres femmes sur la table, il sortit et referma la porte derrière lui.

C'est alors que Barbe-Rose surgit d'une cachette, muni de nombreux instruments de chirurgie. Il se précipita sur les morceaux des deux femmes pour les recoudre entièrement, avec une dextérité incroyable, ainsi qu'il l'avait fait avec le cadavre encore frais de Boulotte trois jours auparavant.

Boulotte, la convalescente, quant à elle, se remettait de ses émotions dans un autre cabinet secret qui donnait sur le cabinet secret, mais celui-là tellement secret que même Barbe-Bleue n'en connaissait pas l'existence.

L'opération fut très longue, mais Barbe-Rose ne regretta pas de l'avoir faite. Comme Rosalynde et Anne Masseuranne le remercièrent de les avoir réparées ! (Boulotte, elle, l'avait déjà fait abondamment.)

L'atmosphère étant assez malsaine au château, Barbe-Rose pensa – et il avait raison – qu'il ne fallait pas traîner.

Dès que les trois femmes furent en état de faire du cheval, ils s'enfuirent tous ensemble par un passage secret qui se trouvait dans le deuxième cabinet secret

(que Barbe-Bleue ne connaissait donc pas non plus). Au bout de plusieurs semaines de voyage – Barbe-Rose avait sagement emporté beaucoup d'argent pour la nourriture, les vêtements, l'auberge, etc. –, ils arrivèrent en Arabie.

Là-bas, Barbe-Rose épousa Rosalynde, Boulotte et Anne Masseuranne, et ils eurent énormément d'enfants, en fait vingt-sept

(3 × 9), et furent très heureux, vraiment très heureux ! Surtout Barbe-Rose, qui, comme on le sait, avait un caractère facile et enjoué.

La Laide au Bois Dormant

Il y avait une fois un roi et une reine qui disaient chaque jour : « Ah ! Pourquoi ne pouvons-nous pas avoir d'enfant ? » et jamais il ne leur en venait.

Or, un jour que la reine prenait un bain dans une mare, une grenouille sortit de l'eau et dit :

– Combien ?

– Pardon ? dit la reine. Que dis-tu, grenouille ?

– Combien d'enfants désires-tu ?

– Comment sais-tu que je pensais à cela ?

– Une reine aussi jolie que toi prenant un bain avec un air aussi triste au lieu de s'occuper de ses enfants pense forcément aux enfants qu'elle n'a pas, dit la grenouille. Il ne faut pas être sorcier pour le deviner. Je vais te dire quelque chose : je suis une grenouille qui prédit non seulement le temps, mais aussi l'argent et même les enfants.

– Extraordinaire, c'est extraordinaire, dit la reine. Mais ces prédictions, se réalisent-elles ?

– Évidemment.

– Bon… eh bien, disons… deux. Au château, il y a une table de soixante-quatre couverts que l'on vient d'acheter, le roi et moi ; ainsi, avec soixante invités, nous l'occuperions entièrement, ce serait charmant.

– Ma reine, ton vœu sera exaucé. Dans moins d'un an tu les auras !

– Pas deux d'un coup, j'espère !

– Ah, ma bonne reine, il faut savoir ce que tu veux ! C'est deux ou rien.

– S'il te plaît, grenouille, sois une bonne grenouille, fais que je n'aie qu'un enfant d'abord, je n'en veux qu'un à la fois. Et que ce soit une fille, si possible. Et qu'elle soit belle, surtout. S'il te plaît, grenouille !

– Non, dit la grenouille, je ne fais pas de marchandages de ce genre. Tu auras deux filles, point.

Ce que la grenouille avait prédit arriva donc, et la reine eut une fille, ravissante, et puis, immédiatement après, une autre fille.

Jusque-là, rien de vraiment surprenant.

Lorsque la reine découvrit le visage de la seconde jumelle, un cri d'horreur retentit jusqu'au fond du deuxième sous-sol du château.

Un cri assez injustifié d'ailleurs, car la princesse était certes laide, mais pas horriblement laide. Mais pour la reine, qui avait mis au monde quelques minutes auparavant un si joli bébé – qu'elle appela aussitôt Belle, sans faire preuve de beaucoup d'imagination –, c'en était trop.

– Cachez-moi celle-là, je ne veux plus jamais la voir ni même en entendre parler, dit-elle cruellement à ses sages-femmes. L'autre, par contre, je la garde auprès de moi. Venez dans les bras de votre reine, ma Belle.

Ainsi, lorsque le roi entra chez la reine, il ne vit que Belle et sa mère et dit :

– Mon Dieu, que nous sommes fier d'avoir un si beau bébé ! Nous espérons que c'est un garçon !

– Eh non ! dit la reine, et vous m'en voyez ravie.

– Mon Dieu, nous en sommes bien marri ! Mais tant pis, c'est mieux que rien. Aussi décidons-nous quand même d'offrir un grand bal en l'honneur de la princesse. Trompettes (il se tourna vers les trompettes qui le suivaient en toutes circonstances), trompettes, sonnez, voulez-vous !

À ce bal il invita tous les gens qu'il connaissait, y compris douze des treize sages-femmes qui avaient accouché la reine, afin qu'elles fussent toujours aimables avec la princesse. Seulement douze sur treize, car il n'y avait que cent cinquante-trois assiettes d'or au château, et comme, avec tous les convives, ils étaient déjà cent quarante et un, ils ne pouvaient inviter une personne de plus.

La treizième sage-femme, une Anglaise – qui était aussi une sorte de fée –, fut terriblement vexée. Elle vint quand même au château et, avant même que les douze sages-femmes invitées – qui étaient aussi des espèces de fées – eussent fini de faire leurs vœux bienfaisants à la petite princesse, elle jeta un sort à la pauvre Belle.

Ce sort était le suivant : à l'âge de quinze ans exactement, celle-ci se piquerait au fuseau d'une vieille tisserande et mourrait instantanément.

Heureusement, une des sages-femmes jeta immédiatement un anti-mauvais sort à la princesse et (ouf !) celle-ci ne mourrait pas mais tomberait dans un sommeil assez long puisqu'il durerait cent ans.

Et l'autre princesse, la laide, qu'était-elle donc devenue ? Eh bien voilà. Le jour de la naissance des jumelles, les sages-femmes emmenèrent le pauvre petit laideron au deuxième sous-sol du château et remontèrent immédiatement dans la chambre de la reine.

Là, elles eurent tellement de travail (on sait ce que c'est : le bain, les biberons, les dentelles à n'en plus finir, les fesses rouges, sans parler des couches – elles n'étaient

pour ainsi dire jamais sèches – etc., etc.) qu'elles oublièrent totalement la seconde princesse au fond du deuxième sous-sol.

Le jour du grand bal, c'est la treizième sage-femme, la furieuse, qui s'en souvint.

Après avoir jeté son sort à Belle, elle fila au sous-sol. La pauvre petite princesse abandonnée était encore plus laide qu'à sa naissance, mais si attendrissante que la colère de la sage-femme s'évanouit, et elle s'occupa formidablement de la petite fille affamée. Après l'avoir nourrie avec une sorte de porridge au blé, elle lui donna le nom anglais de Lady.

Au bout de quelques mois, la sage-femme put enfin la promener (en cachette, cependant). Elle l'emmena donc dans un bois où personne n'allait jamais car on pensait que c'était un bois hanté. En effet, aucun arbre n'avait de feuilles, en aucune saison. C'était un bois mort, que l'on appelait le Bois Dormant. (On y accédait assez facilement par un souterrain secret.)

Nombre de bons vœux s'accomplirent, comme toujours. La jeune princesse Belle grandit, devint intelligente, extrêmement belle et relativement aimable. Le jour de ses quinze ans, Belle décida de visiter l'immense château de son papa.

Arrivée au sommet d'une tour, elle vit la fameuse vieille tisserande et se jeta sur un de ses fuseaux en s'écriant :

– Oh ! Qu'est-ce que c'est ?

La pointe du fuseau la blessa assez fort et la fit saigner abondamment avant de la plonger dans un sommeil qui, phénomène totalement imprévu, envahit tout le château au même instant.

Toute chose vivante alors s'arrêta de vivre et s'immobilisa. Le roi et la reine cessèrent de s'embrasser, les cuisiniers de cuisiner, les femmes de ménage de faire le ménage, les pigeons de roucouler, les mouches de

voler, les cavaliers de cavaler, les chevaliers de faire leur cour, les balayeurs aussi cessèrent de faire leur cour (mais ce n'était pas la même cour), les arbres de bouger, etc., etc. Tout cela pendant cent ans. (C'est long !)

Quand Lady eut quinze ans, au même moment que Belle, la sage-femme anglaise lui promit un pudding. Après avoir attendu tout le jour dans le Bois Dormant, Lady perdit patience et décida de regagner son deuxième sous-sol. Et là, elle découvrit la sage-femme anglaise debout, le pudding à la main, mais INANIMÉE. Oui, INANIMÉE !

Sans comprendre ce qui était arrivé mais avec cette intuition qu'ont parfois les jeunes filles (et donc les jeunes filles laides aussi), elle gravit à toute vitesse l'escalier intérieur du château.

Elle découvrit ce que nous savons déjà, à savoir les mouches immobiles, mais EN L'AIR, les cuisiniers en train de cuisiner, etc., etc.

Et rien à faire pour réveiller tout ça !

Lady visita tout le château. Dans la salle du trône, elle découvrit le roi en train de faire un baiser à la reine, mais tous deux INANIMÉS. Elle eut donc tout loisir de

regarder sa mère longuement, sa mère qui l'avait abandonnée (et ce que la reine ne vit pas, ce fut le regard terrible de sa fille).

C'est alors que la grenouille qui avait prédit sa naissance se montra.

– Bonjour, Princesse, fit-elle en voyant Lady. Il me semble apercevoir dans tes yeux de la colère et du ressentiment. Me trompé-je ?

– C'est vrai, grenouille. Ma mère la reine m'a jetée au fin fond d'une cave quand je suis née et je la déteste, qu'y puis-je ?

– Je sais, dit la grenouille. Voudrais-tu que nous la transformions en quelque chose, pour la punir ?

– Oh oui, ce serait amusant, dit la princesse.

– En quoi voudrais-tu que nous la transformions ?

La princesse réfléchit.

– En pou, je pense que ce serait bien. Moi qui ne suis déjà pas jolie-jolie, j'aurais au moins le plaisir de voir quelqu'un d'encore plus moche que moi, et cela me ferait du bien.

C'est ainsi que la reine fut transformée en pou et que l'expression « moche comme un pou » naquit.

Cent ans, c'est si long qu'autour du château des choses se passèrent.

Des ronces se mirent à pousser puis à cacher véritablement le château de leurs épines jusqu'à la plus haute de ses tours.

Poussés par une curiosité trop grande,

mais tout à fait normale pour leur âge, de jeunes princes essayèrent de pénétrer dans le château. Ils se heurtèrent à ce mur de ronces infranchissable, inextricable, et finirent par mourir lamentablement, couverts de blessures épouvantables et de taches de mûres sur leurs beaux habits.

Pendant ce temps-là, dans le château inanimé, Lady organisa sa vie de cette façon : elle prit une chambre à côté de celle où elle avait mis sa sœur, au cinquième étage. (« Comme elle est belle, Belle ! » se disait souvent Lady en la regardant dormir debout.) Elle fit des provisions qu'elle entreposa dans la cave du deuxième sous-sol. Elle ne put plus sortir pour se rendre au Bois Dormant, le passage secret étant bouché par les victuailles amassées. Ainsi, elle ne se rendit pas compte de l'envahissement du château par les ronces et fut, elle aussi, prisonnière de cet incroyable mur végétal.

Les saisons et les années passèrent. L'été venu, Lady déshabillait puis rhabillait de vêtements légers tout le monde comme elle eût pu le faire quelques années auparavant avec des poupées. Mais elle n'avait jamais eu de poupées, et cela l'amusait beaucoup de le faire avec de vraies personnes endormies.

Elle eut aussi tout le temps de lire, de dessiner (des portraits, surtout) et de réfléchir. Elle était d'ailleurs très intelligente. Un jour, elle se dit : « Elle est étrange, au fond, ma vie. Et celle de Belle aussi. Quelqu'un, peut-être, plus tard, écrira notre histoire. Cela pourrait s'appeler : *Histoire de la Belle au Château Inanimé et de la Laide au Bois Dormant* ; ou tout simplement : *La Belle au Château Inanimé.* »

Lady grandit, prit même de l'âge. Un jour, elle devint plus âgée que son père, qu'elle voyait tous les jours devant elle dans cet interminable baiser au pou. Cela lui fit un drôle d'effet. Elle pleura le jour où elle devint plus vieille que ses grands-parents, qui étaient là aussi. Et encore le jour où elle dépassa l'âge de ses arrière-grands-parents. Un beau matin, elle eut cent quinze ans !

En se réveillant, elle entendit du bruit et cela la surprit. Comme s'il y avait eu des millions d'abeilles autour du château. Et puis ce bruit cessa brusquement et la porte principale s'ouvrit grand, laissant passer un magnifique jeune prince, une tronçonneuse d'or à la main.

– Bonjour, Madame, je viens pour la princesse, dit-il à la très vieille Lady.

– C'est moi.

– Mon Dieu ! Est-ce possible ! Au village, tout le monde parle d'une jeune et belle fille… Je ne veux pas dire que… mais tout de même…

– Ah ! Alors c'est pour Belle ! Elle dort encore. Au cinquième.

– Je suis justement venu la réveiller, dit le prince, tout ragaillardi par le prénom de la princesse.

Au mot « réveiller », Lady sursauta. Et dire que cent ans étaient passés ! Elle n'en revenait pas.

– Que la vie – même aussi longue – est courte ! dit-elle au prince.

Mais celui-ci se précipitait déjà dans l'escalier avec une fougue extraordinaire pour se rendre au plus vite auprès de la princesse inanimée.

À son chevet, il tenta un bouche-à-bouche qui réanima instantanément la princesse Belle ainsi que tout le château, qui reprit son activité comme si de rien n'était.

Les mouches finirent leur vol pour se poser où elles voulaient, le roi s'étonna de voir un pou devant lui, les cavaliers se remirent à cavaler, les chevaliers et les balayeurs finirent leurs cours respectives, enfin la vie recommença.

Lady fut tellement heureuse de voir tout le château reprendre vie, toutes ses « poupées » se lever, parler et rire qu'elle ne put dire un seul mot et monta dans sa chambre essuyer les larmes de bonheur qui avaient coulé sur ses joues.

Et lorsqu'elle se vit dans le miroir – oh ! surprise ! –, elle était redevenue une jeune fille de quinze ans ! Pas une ride, pas un pli sur son visage ni sur sa gorge, pas un seul cheveu blanc. Rien qu'une peau de pêche parsemée de rosée sous un casque de jais. Elle n'était certes pas d'une beauté extrême, mais la sensation d'avoir rajeuni de cent ans avait été si forte qu'elle ne pensa plus qu'à son bonheur.

Quelques instants plus tard, elle se demanda si cela n'avait pas été tout simplement un rêve ! Eh non, pourtant ! La preuve : son beau-frère avait dans la main une tronçonneuse (d'or) qui n'existait absolument pas cent ans auparavant !